Nous remercions le ministère du Patrimoine canadien,
la SODEC et le Conseil des Arts du Canada
de l'aide accordée à notre programme de publication
ainsi que le gouvernement du Québec
– Programme de crédit d'impôt
pour l'édition de livres
– Gestion SODEC.

| | Patrimoine canadien | Canadian Heritage |
| | Conseil des Arts du Canada | Canada Council for the Arts |

Nous reconnaissons l'aide financière
du gouvernement du Canada
par l'entremise du Programme d'aide au développement
de l'industrie de l'édition (PADIÉ) pour ce projet.

Illustration de la couverture
et illustrations intérieures :
Claud███████

Couverture :
█████onception Grafikar

Éditi██████tronique :
In█████nie DN

Dépôt légal : 3ᵉ trimestre 2008
Bibliothèque nationale du Canada
Bibliothèque nationale du Québec

1234567890 IML 098

Ariane et les abeilles meurtrières

COLLECTION
PAPILLON

DU MÊME AUTEUR
AUX ÉDITIONS PIERRE TISSEYRE

Collection Papillon

Le fil d'Ariane, roman, 2003.
Un bateau dans la savane, roman, 2004, finaliste au Prix Hackmatack 2006.

AUX ÉDITIONS MICHEL QUINTIN

Salut Doc, ma vache a mal aux pattes!, roman,
     coll. «Grands espaces», 2000.
Salut Doc, ma vache a mal aux pattes! - Tome 1, roman,
     coll. «Grande Nature», 2000.
Salut Doc, ma vache a mal aux pattes! - Tome 2, roman,
     coll. «Grande Nature», 2000.
Globule – Coup de théâtre!, roman, 2005.
Globule – Des voyous à l'école, roman, 2004.
Globule et le trésor des pirates, roman, 2003.
Globule pris au piège, roman, 2002.
Globule et le ver de terre, roman, 2001.
Globule, la petite sangsue, roman, 2001.

DANS LA REVUE *ANCRAGE*

En noir et blanc, nouvelle, 2006.

Données de catalogage avant publication (Canada)

Dubé, Jean-Pierre

     Ariane et les abeilles meurtrières

     (Collection Papillon; 137)
     Pour les jeunes de 9 à 12 ans.

     ISBN 978-2-89633-044-7

     I. Thivierge, Claude II. Titre III. Collection:
     Collection Papillon (Éditions Pierre Tisseyre); 137.

PS8557.U224A75 2007   jC843'.6   C2007-941716-7
PS9557.U224A75 2007

Ariane et les abeilles meurtrières

roman

Jean-Pierre Dubé

ÉDITIONS
PIERRE TISSEYRE
www.tisseyre.ca

9300, boul. Henri-Bourassa Ouest, bureau 220
Saint-Laurent (Québec) H4S 1L5
Téléphone : 514-335-0777 – Télécopieur : 514-335-6723
Courriel : info@edtisseyre.ca

1

Embûches
à la ruche

Api fit un piqué en direction du champ de trèfle qu'elle venait de détecter du haut des airs. On aurait cru qu'elle s'écraserait au sol mais, en bonne championne de vol acrobatique de sa colonie, à la dernière seconde, elle se redressa et se posa délicatement sur une des fleurs pour en évaluer le contenu. Prudente de nature, elle scruta auparavant les alentours pour s'assurer qu'aucune menace ne la guettait. Rassurée, elle goûta au nectar pour en vérifier le taux de sucre.

— Hum… Délicieux. J'aimerais bien être de nouveau une simple larve pour qu'on m'en gave tous les jours !

Satisfaite de la qualité du pollen, elle procéda à sa cueillette. Elle ramassa les grains accolés à ses nombreux poils et les déposa dans les petites poches prévues à cet effet, sur ses membres postérieurs.

Lorsque toute sa cargaison fut transférée, la jeune abeille s'envola pour retourner à la ruche. Celle-ci se trouvait au creux d'un vieux tronc d'arbre à moitié pourri, à plus de deux cents mètres de là, aux abords de la grande forêt. Api y arriva tout excitée, entra et déposa sa récolte dans une alvéole. Grâce à elle, une larve serait nourrie correctement et contribuerait à la survie de la colonie. Ensuite, Api se mit à frétiller de tout son corps pour attirer l'attention. Les autres abeilles se regroupèrent aussitôt autour d'elle et détectèrent l'odeur des fleurs de trèfle. En voyant la vitesse très élevée du frétillement de leur consœur, elles conclurent à une quantité assez importante de nourriture. Elles attendaient maintenant que la butineuse leur indique la direction à prendre par une danse.

Euh... C'est quoi déjà, cette danse? Je ne m'en souviens jamais. Une danse en quatre? Non. En forme de trois? Sûrement pas. Un danse carrée? Pas vraiment.

Les autres commençaient à s'impatienter. Api et ses fameux trous de mémoire!

Ça y est! Je me rappelle!

Et Api exécuta la célèbre danse en huit des abeilles mellifères. Elle leur révéla le chemin à prendre en effectuant la figure du chiffre dans un angle bien précis par rapport au soleil. Puis, le nombre de tours et la vitesse d'exécution renseignèrent les abeilles quant à la distance à parcourir. Aussitôt, les butineuses sortirent à l'extérieur pour évaluer l'angle du soleil grâce à leur capacité à détecter les rayons ultra-violets. Ensuite, d'après les informations qu'elles venaient de recevoir d'Api, elles partirent en grand nombre vers le champ de trèfle.

— Hé! Attendez-moi, leur cria Api. J'y retourne, moi aussi.

Un calme relatif s'installa dans la ruche. Au milieu de l'après-midi, une abeille se présenta à l'entrée. Les deux gardiennes lurent aussitôt les odeurs chimiques de la nouvelle venue. Pendant une fraction de seconde, l'une d'elles pensa avoir détecté une molécule bizarre, mais comme sa consœur ne bronchait pas, elle crut s'être trompée. La visiteuse fut reconnue comme membre de la colonie et autorisée à pénétrer dans la ruche. Mine de rien, elle évita soigneusement les ouvrières, fit semblant de travailler auprès des larves tout en se faufilant, grâce à ses antennes, vers le groupe de nourricières qui entouraient la reine. D'autres abeilles du même type la rejoignirent et se mêlèrent à leur tour aux activités de la colonie en se rapprochant de la souveraine. Lors du passage de l'une d'elles, la sentinelle capta, cette fois-ci de façon certaine, une molécule étrangère. Elle regarda sa compagne et vit qu'elle aussi se préparait à donner l'alerte. Mais elles n'en eurent pas le temps. Piquées à mort, elles tombèrent, foudroyées.

Peu après, une puissante phéromone jamais détectée jusqu'alors dans cette forêt se propagea dans la ruche et fut captée par les intruses. À ce signal, elles se ruèrent sur la reine et la tuèrent de plusieurs injections de venin. Toutes les ouvrières furent aussi pourchassées et éliminées. Une nouvelle souveraine, d'une espèce totalement inconnue, prit possession des lieux et se mit à pondre.

Les butineuses parties à la cueillette du pollen revinrent bientôt avec leur chargement et entrèrent dans la colonie. Complètement prises au dépourvu, elles furent rapidement submergées et supprimées.

Restait la petite Api. Bonne dernière comme toujours, elle ne s'en formalisait pas. Car elle se savait capable, si elle le voulait, de battre de vitesse n'importe laquelle de ses compatriotes. Mais Api aimait bien rêvasser en butinant de gauche à droite tout en explorant les alentours. L'ouverture de la ruche apparut enfin droit devant et elle effectua une manœuvre d'atterrissage de son cru. Elle avait à peine touché le sol qu'une odeur puissante, inquiétante, enroba ses antennes. À sa droite, une ombre fonçait sur elle. À sa gauche, quelque chose approchait. Ses yeux composés, capables de détecter les couleurs, relevèrent des tons de jaune et de noir. Tous ses sens l'avertissaient d'un danger mais, paralysée par la peur, elle resta immobile, ne sachant que faire. Finalement, saisie de panique, elle décolla si rapidement que ses deux assaillantes se heurtèrent de plein fouet. Elles se redressèrent aussitôt, furent rejointes par quatre autres, et tout le groupe fonça vers Api. La jeune abeille, qui avait pris un peu d'avance, s'enfuit vers la forêt. Elle était confiante, malgré la terreur que lui inspiraient ses poursuivantes, de pouvoir les distancer.

Elle savait qu'elle possédait la plus rapide paire d'ailes de cette forêt. Mais ses assaillantes semblaient tenaces, terriblement agressives et surtout... meurtrières.

2

Alerte rouge
chez les noires

Au sud du grand chêne, la pénombre de cette fin de journée enveloppait tranquillement le poste de surveillance de 289 635ᵉ, la fourmi noire qui commençait son quart de nuit. Cette sentinelle de la frontière ouest veillait au grain. Soldate expérimentée, elle avait jadis combattu les fourmis rouges, les fourmis naines et les arachnides de l'ouest. Une large cicatrice sur le dessus de son crâne témoignait de ses états de service. Endurcie aussi bien aux coups de l'ennemi qu'à la solitude de ce point reculé, peu de choses pouvaient échapper à son œil vigilant. Mais ici, rien de spécial n'était advenu depuis des lustres. La monotonie lui faisait presque regretter les violentes batailles auxquelles elle avait participé.

Le souvenir douloureux de 289 622e lui vint à l'esprit. En acceptant cette fonction de subalterne, elle pensait pouvoir l'oublier. Cette compagne avait été de tous les combats à ses côtés, jusqu'à ce qu'elle se sacrifie pour la sauver, lors d'une embuscade des rouges. *Chère amie, comme tu me manques parfois...*

Les antennes de 635e frémirent, ce qui interrompit ses rêveries. Elle capta de puissantes phéromones d'une espèce inconnue, mais comprenant un soupçon de molécule familière. La guerrière prit un air contrarié. Qu'était-ce donc ? Ses années d'entraînement lui dictèrent aussitôt d'adopter la position de combat :

elle dressa ses mandibules acérées et releva son abdomen, prête à utiliser ses glandes à acide formique. Le combat fut bref. La fourmi reçut trois piqûres mortelles dans le dos, entre deux segments de sa carapace, sans qu'elle puisse voir ses assaillants. Toutefois, elle capta un dernier signal chimique et émit quelques molécules avant que son corps inerte ne tombe au sol. Transportées par une faible brise, ces molécules furent captées par les récepteurs extrêmement sensibles de la sentinelle de l'avant-poste suivant. Celle-ci relaya aussitôt le message d'alerte qui fut transmis d'antenne à antenne jusqu'à Ba-ta-klan : la grande cité des fourmis noires.

La fourmilière, construite au pied d'une vieille souche de frêne, comprenait de nombreuses galeries et chambres, disposées sur plus de treize niveaux. Au-dessus du sol, un dôme formé de brindilles et d'aiguilles de conifères recouvrait la partie souterraine afin de maintenir une température et un taux d'humidité constants à l'intérieur.

Une fourmi de haut rang franchit l'entrée principale, au rez-de-chaussée, et salua sèchement les sentinelles de garde. Un œil averti pouvait détecter dans sa démarche une légère claudication, séquelle d'anciennes blessures. Elle atteignit le niveau suivant, celui des entrepôts de nourriture, et s'enfonça plus profondément dans les galeries. D'autres soldates s'écartèrent pour lui livrer passage et elle parvint finalement aux zones de haute sécurité : la pouponnière où l'on prenait grand soin des œufs, et la chambre royale qui occupait le plus bas niveau.

Aussitôt, les membres de la garde rapprochée de la reine détectèrent sa présence et se préparèrent à attaquer. La visiteuse ne ralentit pas son allure. C'est alors que les vigiles, des colosses à tête plate équipés de mandibules monstrueuses, la reconnurent. Ils se replièrent immédiatement pour la laisser passer en s'excusant. Personne ici, même les têtes plates, ne voulait s'attirer les foudres de 289 416e.

La reine se trouvait au milieu de la pièce, entourée des nombreuses nourrices chargées de prendre soin des œufs fraîchement pondus. Elle aperçut 416e et lui fit signe d'approcher.

— Chère 289 416e, quelle surprise de vous voir ici! Je vous croyais en mission diplomatique chez les charpentières.

— J'étais sur mon retour, Majesté, lorsqu'une ouvrière affolée a croisé mon chemin. Le message vous était destiné, mais vu les informations troublantes qu'il contenait, j'ai cru bon de venir vous en faire part personnellement.

— Faites, mon amie.

— Plusieurs de nos sentinelles de la frontière ouest ont été agressées et tuées.

— Agressées? Tuées? Mais dites-moi par qui et nous organiserons une riposte immédiate! Encore ces damnées fourmis rouges?

— Le problème est que nous n'en savons pas grand-chose, Votre Altesse. Nous sommes dans le noir. Les attaques ont été tellement subites et meurtrières que très peu d'informations permettant d'identifier les coupables nous sont parvenues.

— Comment cela se peut-il? s'étonna la reine.

— Je ne sais trop. Enfin! Vous souvenez-vous de 289 635e, une de nos meilleures combattantes?

— Oui, bien sûr! L'amie inséparable de 289 622e.

— Eh bien, depuis la dernière grande bataille, elle occupait, à sa demande, un poste de sentinelle à la frontière. Elle aussi vient d'être victime d'une agression. Mais elle a réussi à transmettre un message plus élaboré que les autres avant de mourir.

— Je suis vraiment désolée pour elle. C'était une vaillante soldate. Que disait sa missive?

— Deux mots: «alerte» et «miel».

— Alerte et miel? C'est tout? Vous trouvez ça élaboré?

— Majesté! Les premières sentinelles tuées n'ont émis aucune molécule.

— Alerte et miel ? Des abeilles ? Des abeilles auraient éliminé nos soldates aguerries ?

— Il semblerait bien que oui. Pourtant, jamais ces insectes ne s'en prennent aux fourmis, à moins bien sûr d'une intrusion dans leur ruche. Or, nos ouvrières ont toutes reçu ordre de se tenir loin des colonies d'abeilles. Et nous parlons ici d'une attaque survenue sur notre territoire !

La reine mit une patte sous son menton et réfléchit un instant.

— Curieux, en effet. Bon. Voici ce que vous allez faire : partez vers l'ouest et essayez d'amasser des renseignements plus précis. Je veux savoir qui ose s'en prendre à nous, et pourquoi. Vous pouvez amener une patrouille avec vous. En attendant, je vais commencer la production de guerrières, au cas où... Dès que vous aurez plus de précisions, revenez faire votre rapport et nous aviserons.

— À vos ordres, Altesse.

La fourmi prit congé de sa souveraine et remonta à la salle de garde.

Elle sélectionna une quinzaine de combattantes et la troupe quitta aussitôt Ba-ta-klan en direction du soleil couchant.

3

Une poursuite
infernale

Une jeune mouche survolait nonchalamment un paysage qu'elle connaissait bien. Elle admira le joli buisson de cornouillers, aperçut la lignée de petits érables à sucre et traversa le bosquet de vinaigriers, sûre d'elle-même. La bestiole regardait partout sauf devant. Elle aurait dû, pourtant. Un peu plus loin sur son chemin se dressait une énorme toile d'araignée, finement et fraîchement tissée. De belles soies bien agencées, ayant une seule et unique fonction : attraper des insectes. Des mouches, de préférence...

L'auteure de ce chef-d'œuvre, une araignée noire, se tenait en retrait sur une pierre, les yeux fixés sur la proie qu'elle voyait approcher. Elle se frottait les pattes de plaisir lorsqu'elle vit, incrédule, l'insecte accélérer pour atteindre sa vitesse maximale. Ensuite, la diptère replia ses ailes le long de son corps. Tel un boulet de canon, elle fonça en plein centre de la toile, là où se trouvait une toute petite ouverture. L'intrépide arthropode y passa sans faire vibrer les soies !

— Bravo ! cria Ariane, qui sauta sur le sol où Tsé venait de se poser. Tu as encore réussi, c'est incroyable !

— Merci. C'est vrai que tu ne m'as pas laissé une grande ouverture, cette fois-ci !

— Je sais, je voulais te mettre au défi. Et tu y es quand même arrivée ! Quand je vais raconter ça à maman...

— Au fait, comment va ta mère? S'est-elle remise de voir sa fille fréquenter une mouche[1]?

— Pas vraiment. Elle m'a justement dit hier: «Une mouche! Pourquoi pas une guêpe, tant qu'à y être!»

— Tu ne lui as pas encore parlé de Vespa?

— Non. Je ne crois pas que ce soit une bonne idée. Elle ne pourrait pas comprendre. Il y a des choses comme ça sur lesquelles mieux vaut ne pas insister.

— Tu as peut-être raison. Mais il ne faut pas pour autant arrêter de s'interroger.

— Tu te poses beaucoup de questions, Tsé?

— Oui. Énormément. Par exemple, est-ce que les arbres réfléchissent? Ils sont vivants, c'est sûr. Mais est-ce qu'ils pensent?

— Moi, je pense plutôt à mon estomac. J'ai faim!

---

1. Voir *Le fil d'Ariane*, du même auteur, dans la même collection.

— Ah! Tu n'es pas très spirituelle!
Il y a des champignons, là-bas.

Les deux copines gambadèrent vers
le noyer où Tsé avait repéré des chan-
terelles. Soudain, un bourdonnement
leur fit lever la tête. Un groupe d'abeilles
fonçait droit sur elles en volant à ras le
sol. La mouche et l'araignée s'aplatirent
sur la terre humide. Ariane sentit ses
poils auditifs vibrer au passage de
l'escadron.

— Ça alors! s'écria Tsé. Quelle
mouche les a piquées?

— Attention! cria Ariane. Elles
reviennent!

Cette fois-ci, Ariane put distinguer
celle qui menait l'essaim, et comprit
que cette jeune abeille tentait plutôt de
fuir les autres.

— Il faut l'aider, Tsé. La pauvre, elle
semble épuisée.

— J'y vais.

Toujours aussi courageuse, Tsé
s'envola et rattrapa sans difficulté le
groupe d'hyménoptères. Elle évita les
meurtrières et s'approcha d'Api.

— Salut, petite. Des ennuis ?

Surprise de voir cette mouche, l'abeille en fuite faillit s'écraser sur un tronc d'arbre.

— Ne reste pas là, la mouche, lui répondit-elle, paniquée. Elles ont tué toute ma colonie. Sauve-toi, sinon elles vont t'avoir.

— Du calme. J'en ai vu d'autres. Je vais t'aider à les distancer. Tu vas voir que je suis plutôt habile à ce jeu. Tu n'as qu'à faire exactement les mêmes mouvements que moi. Compris ?

Incrédule, Api esquissa tout de même un signe affirmatif de la tête. Tsé effectua alors une série de manœuvres acrobatiques qui suffisaient d'habitude pour se débarrasser des plus rapides adversaires. Mais les abeilles tenaient bon et ne paraissaient pas fatiguées. Tsé avait remarqué le long dard au bout de leur abdomen. De vraies épées ! Si jamais elles la rattrapaient…

Elle décida de jouer le tout pour le tout. Elle fonça dans un buisson de rosiers sauvages en zigzaguant entre les branches recouvertes d'épines bien

acérées, en pensant que ses poursuivantes, de taille plus imposante,
n'oseraient pas s'y aventurer. Peine
perdue. Tsé commença à douter. Api
suivait le rythme, mais semblait déses-
pérée. La distance entre elles et leurs
agresseurs diminuait progressivement.
Api et Tsé pouvaient voir dans leurs
yeux une détermination sans faille. Ces
infatigables tueuses n'abandonneraient
jamais la chasse.

4

Sur fond de toile

Api et Tsé sentaient le souffle des abeilles meurtrières dans leurs dos. Celles-ci resserraient leur étau. Il y en avait deux derrière elles, deux à leur gauche et deux autres à leur droite. Il fallait faire quelque chose, et vite. Les secours vinrent d'en bas, au sol.

— Souviens-toi de notre jeu, Tsé. NOTRE JEU !

Comment Ariane peut-elle songer à s'amuser alors que je risque à tout moment de me faire transpercer par les hallebardes de ces monstres ? Comme si c'était le temps de jouer à la toile trouée ! Non mais...

Puis, une lumière s'alluma dans son cerveau. *Hé ! Hé ! Ariane, tu es un génie !*

Elle cria à la petite abeille :

— Écoute-moi, c'est notre dernière chance. Nous devons d'abord accélérer pour sortir de leur formation. Puis, quand je te le dirai, tu replieras tes quatre ailes et tu te laisseras aller. Peu importe ce qu'il y a devant, tu fonces.

— D'accord, j'ai compris, mais fais vite ! Je n'en peux plus.

La mouche, suivie d'Api, rassembla ce qui lui restait de forces pour atteindre sa vitesse de pointe et distancer ses tenaces agresseurs.

Excellent, pensa Tsé, *suivez-nous, les copines. Ça va être votre fête !*

Tsé effectua soudainement un virage à quatre-vingt-dix degrés en direction de la toile. Elle ralentit un peu pour laisser les poursuivantes se rapprocher

de nouveau. Puis, à quelques centimètres du piège arachnéen, elle replia
ses ailes, imitée aussitôt par Api, et
fonça dans la minuscule ouverture, au
centre. Tsé passa sans problème dans
le trou. À sa grande joie, Api réussit le
même exploit. Les meurtrières, toutes
ailes déployées, frappèrent violemment
la structure et y demeurèrent engluées !

Api et Tsé, épuisées, vinrent se poser
près d'Ariane.

— Bonjour, dit l'araignée en
s'adressant à l'abeille. Comment te
nommes-tu ?

— Je suis… Api… merci…, répondit-
elle, essoufflée. Mais pourquoi m'avez-
vous aidée ? Vous ne me connaissez
même pas !

— On appelle ça de l'entraide, j'imagine, intervint Tsé. Tu semblais en
difficulté, et Ariane est incapable de
voir un insecte en détresse sans voler
à son secours. Et comme elle ne peut
pas voler, c'est moi qui fais tout le
boulot !

— Pourquoi ces monstres t'ont-ils
prise en chasse ? reprit Ariane.

— J'étais partie cueillir du pollen et, une fois de retour à la ruche, elles ont voulu me tuer. J'ai réussi à m'échapper. Elles se sont alors mises à ma poursuite. Mais j'ai eu le temps de capter les phéromones de mort dans la ruche. Personne à l'intérieur n'a survécu…

— D'où viennent-elles? demanda Ariane. Et pour quelle raison ont-elles détruit ta colonie? Il me semble pourtant que les abeilles comptent parmi les insectes les plus pacifiques.

— Les abeilles de cette forêt, oui. Mais celles-là sont différentes. Elles diffusent des odeurs totalement nouvelles.

— Et si on allait leur tirer les vers du nez? proposa Tsé.

— Non! Je ne veux plus m'approcher d'elles! cria Api.

— N'aie pas peur. Les soies d'Ariane sont tellement collantes et solides que même un rhinocéros ailé ne pourrait s'en échapper. Pas vrai, Ariane?

— Un rhinocéros ailé! Franchement, Tsé! Tu peux rester ici, Api. Tsé et moi allons interroger ces abeilles. Nous verrons bien ce qu'elles ont à dire. Mon amie la mouche exagère, mais elle a raison. Il n'y a aucun risque qu'elles se libèrent de ma toile. Même une fourmi, avec sa force herculéenne, n'y parviendrait pas!

Une voix les fit sursauter:

— En es-tu si sûre, l'araignée?

Ariane, Tsé et Api se retournèrent. Une fourmi rouge se tenait sur une pierre, à quelques millimètres d'elles. Derrière la rouge, une quinzaine de ses soldates avaient pris position en formant un demi-cercle.

— Il est vrai, reprit celle qui semblait être la chef, qu'aucune de mes semblables ne serait assez stupide pour aller s'engluer dans une toile d'arachnide. Nous ne sommes pas aussi bêtes que les mouches!

Tsé, insultée, voulut s'avancer, mais Ariane la retint et prit la parole.

— Désolée, s'excusa-t-elle. Je ne disais pas ça pour me moquer, ce n'était qu'un exemple.

— C'est ça! Et si je décidais de vous pulvériser à l'acide formique? Juste pour vous donner un exemple de la supériorité de notre race?

— Écoutez, intervint Tsé, on n'a rien fait de mal. Laissez-nous tranquilles, maintenant.

La fourmi poursuivit:

— Je trouve plutôt louche qu'une mouche, une araignée et une abeille se promènent ensemble dans cette forêt. Plusieurs de nos sentinelles ont été agressées et tuées, dernièrement, et je suis à la recherche des coupables. L'automne dernier, notre cité a été vandalisée par une fourmi noire aidée d'une guêpe et d'une araignée. Une araignée noire, précisa la rouge en regardant Ariane dans le blanc des yeux.

Ariane se sentit rougir de la tête aux pattes.

— Elles voulaient juste récupé..., commença Tsé, mais elle fut interrompue par un coup de patte discret d'Ariane.

— Nous n'avons rien à voir avec-cette histoire, mentit l'araignée. Laissez-nous poursuivre notre route.

Vous n'êtes même pas chez vous, ici. Cette zone fait partie du territoire de Ba-ta-klan.

— Peut-être, mais pour le moment, je ne vois aucune noire à l'horizon. Ta vie ne tient qu'à un fil, l'araignée. Si je le voulais, je pourrais t'anéan...

L'arrogante fourmi s'arrêta net de parler, car un jet d'acide formique venait de frapper de plein fouet la pierre sur laquelle elle était juchée. Quelques millimètres plus haut, et le tir faisait mouche !

Au détour du sentier apparut alors 416e.

5

La rouge
et la noire

— 416ᵉ! s'écrièrent Ariane et Tsé.

— Salut, les filles! Ravie de vous revoir.

Puis la noire se tourna vers la fourmi rouge.

— Ce tir n'était qu'un avertissement! Vous avez trente secondes pour disparaître de ma vue.

Et 416e s'avança vers elle. Aussitôt, les soldates rouges se rapprochèrent de leur chef, prêtes à intervenir. Les noires qui accompagnaient 416e firent de même. Seize combattantes se tenaient face à face. La patrouille de Ba-ta-klan avait tout de même l'avantage, étant d'une taille plus imposante que celle de leurs adversaires. De plus, la chef des noires représentait, et de loin, la meilleure guerrière des deux groupes. Malgré tout, les rouges semblaient décidées à poursuivre l'affrontement. La chef s'adressa à 416e.

— Je suis 490 245e, troisième générale des armées de Déo-do-ran, et je vous avertis, nous ne nous laisserons pas intimider par vos manœuvres. Nous sommes prêtes à riposter.

— Je me nomme 289 416e et je ne sais pas de quelles manœuvres vous parlez.

La rouge descendit de son perchoir et s'avança prudemment vers son ennemie.

— Voici donc la fameuse 289 416e. La plus célèbre des hautes gradées de

Ba-ta-klan veut me faire croire qu'elle n'est pas au courant des attaques perpétrées contre nos sentinelles de la frontière est.

— Comment? Vos sentinelles ont aussi été assaillies!

— Ne me prends pas pour une idiote, la noire. Qui d'autre que des espionnes de Ba-ta-klan pourraient s'en prendre à nous de façon aussi sournoise?

Piquée au vif, 416e dressa ses mandibules, menaçante. Et toutes les noires de soulever leur abdomen, en position de tir. La tension monta d'un cran. On pouvait tout à coup entendre une mouche voler.

Tsé venait justement de se poser entre les deux groupes de belligérantes. Ariane vint la rejoindre.

— Arrêtez de vous chercher des poux, s'interposa l'araignée. Ne voyez-vous donc pas qu'aucune d'entre vous n'est responsable? Vos compagnes n'ont été tuées ni par des rouges, ni par des noires, mais par des abeilles.

— Bien voyons ! lança 245e. Comme si ces mouches à miel pouvaient oser s'en prendre à nous !

— Ce qu'elle dit a pourtant du sens, objecta 416e. Nous avons reçu un message d'alerte qui semble impliquer ces insectes.

— Les abeilles meurent dès que leur aiguillon se détache de leur corps. Alors, elles ne piquent qu'en dernier recours. Lorsqu'elles se croient en danger de mort, par exemple, ou pour défendre leur ruche. Jamais pour attaquer des fourmis ! Si c'était le cas, il y aurait eu des indices ou des cadavres d'abeilles sur les lieux de l'attaque, renchérit 245e.

— Ah ! Misère ! intervint Tsé. Le problème avec vous, les insectes sociaux, c'est que vous êtes trop structurés. Vous êtes très forts pour la bataille et le travail organisé, mais quand survient quelque chose d'inusité, vous devenez complètement déboussolés, incapables de réfléchir ! Heureusement que nous, les mouches et les araignées, veillons au grain. Nous savons qui sont vos agresseurs, car nous les avons capturés.

Toutes les fourmis affichèrent un air incrédule, même 416e.

— Ah! Ah! Elle est bien bonne, celle-là! Toi, le poids mouche, tu aurais capturé celles qui ont tué nos semblables, nargua la chef des rouges.

— Parfaitement, avec l'aide d'Ariane.

— C'est exact, reprit l'araignée. Et je vous présente Api, continua-t-elle en désignant la jeune abeille cachée derrière elle. La colonie d'Api a été envahie et tous ses habitants ont été tués par des abeilles criminelles. Quand elles ont aperçu Api, elles l'ont poursuivie et ont fini par s'engluer dans ma toile. Suivez-moi, vous verrez par vous-même.

L'araignée leur tourna le dos et se dirigea vers la toile. Les deux chefs se regardèrent, hésitèrent, puis 416e emboîta le pas à Ariane, suivie de ses soldates, et enfin des rouges.

Les six meurtrières se démenaient encore pour se libérer des soies collantes. Api se terra encore une fois derrière l'araignée.

— Ne crains rien, Api, elles ne peuvent pas s'échapper.

— Voici donc nos tueuses! s'exclama 245e d'un ton moqueur. Elles ne me semblent pourtant pas si menaçantes.

— Ne vous fiez pas aux apparences, déclara Api. Je les ai eues à mes trousses et j'ai vu ma colonie anéantie. Elles sont terribles!

— Au point d'attaquer et de réussir à vaincre des fourmis formées au combat? répliqua 416e, en observant de près les prisonnières qui tentaient toujours de se dégager. Elles te ressemblent beaucoup, petite.

La rouge se tourna alors vers la chef des noires.

— Je ne crois pas à cette histoire ridicule. À mes yeux, vous seules êtes responsables.

— Impossible! répondit 416e. Plusieurs de nos soldates se sont aussi fait tuer, et certainement pas par des noires!

Une discussion animée reprit de plus belle, chaque camp accusant l'autre. Les soldates imitèrent leurs chefs et s'engueulèrent avec leurs vis-à-vis. Les molécules d'insultes voyageaient allègrement d'une antenne à l'autre.

CLAC!

Api s'envola précipitamment. Ariane et Tsé comprirent aussitôt pourquoi et essayèrent d'avertir les fourmis.

— Hé! Arrêtez! Écoutez...

Mais personne ne fit attention.

CLAC!

Le bruit sourd se répercuta cette fois-ci dans la forêt. Les fourmis interrompirent leur discussion et se tournèrent vers la toile. Deux abeilles avaient réussi à briser les fils d'Ariane!

CLAC!

CLAC!

CLAC!

Une à une, les meurtrières se dégagèrent du piège et semblaient attendre, en vol stationnaire, que toutes leurs compagnes se libèrent.

Ariane demeura figée sur place, estomaquée. Aucun insecte n'avait encore réussi à se dégager d'une de ses toiles. Tsé réagit la première et secoua l'araignée.

— Vite! Mets-toi à l'abri. Elles ne vont pas rester là à faire du tourisme!

Ariane recula et se lova entre deux cailloux. Tsé s'envola et alla se cacher dans le feuillage d'un arbrisseau.

S'avançant de quelques pas, 416ᵉ voulut s'adresser aux abeilles, mais sans avertissement, 245ᵉ fit feu et deux meurtrières tombèrent.

— Voilà qui les fera réfléchir, lança-t-elle. Elles n'oseront plus s'attaquer à des fourmis !

— Mais tu es folle ! J'allais les interroger ! lui reprocha 416ᵉ avec colère.

Une forte odeur flotta dans l'air pendant quelques secondes. Puis, les quatre survivantes tombèrent sur les fourmis à la vitesse de l'éclair. Le temps de le dire, deux rouges et deux noires furent éliminées. La rapidité des abeilles et le risque élevé d'atteindre une compatriote empêchaient les fourmis d'utiliser leurs glandes.

— Mettez-vous dos à dos, deux par deux ! hurla 416ᵉ. Servez-vous de vos mandibules !

Une chose jusqu'alors impensable dans cette forêt arriva. Le hasard voulut que les groupes formés soient mixtes ! Même 416ᵉ se retrouva jumelée avec la chef des rouges.

— Ne te fais pas d'idées, la noire, nous sommes toujours ennemies.

Une assaillante profita de ce moment d'inattention pour s'approcher de 245ᵉ, et s'apprêta à lui transpercer le thorax de son aiguillon. Mais 416ᵉ pivota sur elle-même, fit sauter la tête de l'abeille d'un coup de mandibule, et demanda nonchalamment à la rouge :

— Où est votre meilleure tireuse d'élite ?

— Tu m'as sauvé la vie ! dit 245ᵉ, estomaquée.

— Ce n'est pas le moment de s'attendrir. Où est votre meilleure tireuse d'élite ? répéta 416ᵉ.

— Là-bas, appuyée contre la brindille, répondit la rouge en reprenant contenance.

— Parfait. À mon signal, ordonnez à toutes de se coucher, sauf à celle-là. Je ferai de même de mon côté. Chacune prendra alors une cible et tirera.

— Pas de problème !

Pendant que 416ᵉ mettait son plan en marche, d'autres fourmis trouvèrent la mort.

Les abeilles tourbillonnaient sans relâche au-dessus de leurs ennemies dans un bourdonnement étourdissant.

— Allez-y !

Les fourmis restantes s'aplatirent au sol. Aussitôt, les tireuses d'élite et les chefs firent feu. Les trois dernières meurtrières tombèrent, mortellement touchées. Le silence régna à nouveau dans la forêt.

6

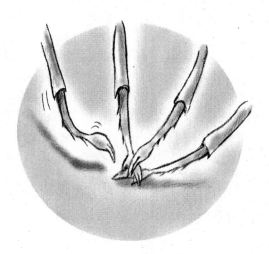

L'union fait la force

Les rouges et les noires se promenaient parmi les corps de leurs camarades tombées au combat. Elles cherchaient des survivantes, mais la piqûre des abeilles était mortelle. Il ne restait que quelques soldates indemnes. Une vraie hécatombe!

— Incroyable! s'exclama 245e. Et elles n'étaient que quatre!

— Nous n'étions pas préparées à une telle attaque et à autant de rage meurtrière, fit remarquer 416ᵉ. Avez-vous noté qu'elles peuvent piquer sans perdre leur dard? Elles constituent sans aucun doute une menace sérieuse. Je vais de ce pas prévenir ma reine et préparer nos troupes à la défense du territoire. Nous possédons des armes de guerre et nous nous en servirons si cela s'avère nécessaire.

Les deux groupes de fourmis s'apprêtaient à partir lorsque Ariane, Api et Tsé sortirent de leur cachette.

— Mais où allez-vous? Vous n'allez quand même pas retourner tranquillement chez vous sans rien faire! s'insurgea Ariane.

— Nous allons avertir notre souveraine, rétorqua la rouge.

Ariane se tourna vers les noires.

— Et toi, 416ᵉ? Tu nous laisses aussi tomber? Que fais-tu d'Api? Et des autres abeilles de la forêt?

— Les noires et les rouges ne sont pas les casques bleus de cette région, Ariane. Nous devons nous défendre contre ces intruses. Nous avons la responsabilité de protéger nos cités, nos ouvrières, nos soldates. Les abeilles devront affronter elles-mêmes ces tueuses.

— Quoi! Mais vous ne comprenez donc pas! Vous les avez pourtant vues à l'œuvre de près. Ces abeilles sont plus fortes et plus rapides que tout ce que nous connaissons. Admettez-le. Et en plus, elles volent! Seules des soldates aguerries comme vous peuvent espérer leur tenir tête. La seule façon de les vaincre est d'unir toutes nos forces. Les fourmis, les abeilles, les araignées, les guêpes : il faut rallier tous les insectes et arachnides de cette forêt. Même vous, seules de votre côté, ne serez pas à l'abri. Ces meurtrières sont trop puissantes!

— Nous allier à ces rouges? As-tu perdu la raison? Mes ancêtres leur tiennent tête depuis des siècles! répliqua 416e.

— Jamais les rouges ne pourront se battre aux côtés de ces... de ces noiraudes! Impossible! renchérit 245e.

Les deux chefs se lancèrent un regard haineux et regagnèrent le sentier.

— Vous avez la mémoire courte, madame 245e! dit Ariane. N'avez-vous pas combattu côte à côte, tout à l'heure? À moins que mes huit yeux ne m'aient trompée, vous me sembliez toutes dans le même camp, et terriblement efficaces!

Les deux ennemies s'arrêtèrent.

— Hum... Je crois qu'elle vient de marquer un point, dit 245e. Peut-être devrions-nous affronter ensemble cette menace si inhabituelle.

— Depuis quand une fourmi rouge se fait-elle du souci pour les autres? rétorqua 416e.

— La situation est unique. Je me fais surtout du souci pour ma cité. N'oublie pas que nos sentinelles, elles aussi, ont été éliminées avec une facilité déconcertante. Mieux vaut s'unir tout de suite aux autres arthropodes de cette forêt, avant qu'ils ne soient tous morts!

Ariane n'en revenait pas! Une fourmi rouge semblait d'accord avec elle. Il fallait que l'heure soit vraiment grave. Cela fit réfléchir 416e. Elle se méfiait bien sûr de ses ennemies héréditaires, mais le danger était réel, constatait-elle en regardant les corps des abeilles meurtrières et leur long aiguillon.

— C'est bon. Je vais envoyer un messager à Ba-ta-klan et demander conseil à ma reine. Sais-tu où se sont regroupées ces abeilles? demanda-t-elle à Api.

Ce fut la rouge qui répondit:

— Elles arrivent du sud, selon ce que m'ont rapporté nos éclaireurs. Elles ont longé notre frontière commune et se sont rassemblées près du vieux moulin désaffecté. Cette région regorge de guêpes à papier. Peut-être ont-elles été attaquées, elles aussi. Je propose d'envoyer d'autres éclaireurs pour suivre le déplacement de cet essaim d'abeilles tueuses.

— Je suis d'accord. 726e, accompagnez l'éclaireur rouge et repérez ces abeilles. Vous reviendrez me faire votre rapport. Je propose aussi, poursuivit

416e, d'envoyer une messagère noire chez les guêpes et une rouge chez les arachnides de l'ouest. Nous aurons besoin de leur aide.

— Bonne idée, fit 245e.

Je la trouve bien conciliante, tout à coup, pensa 416e.

La journée tirait à sa fin. Le groupe chercha un emplacement pour installer un campement en attendant le retour des messagers et les directives des deux souveraines.

Un vent frais se mit à souffler et bientôt les gouttes de pluie maculèrent le sol sablonneux. Ariane, qui avait pris un peu d'avance, repéra un large caillou bien à l'abri sous les feuilles d'un plant de rhubarbe sauvage. Elle y grimpa d'un bond. Boum! En un clin d'œil, elle se retrouva de nouveau au sol, tout étonnée. Trois énormes cigales installées sur le promontoire l'avaient chassée sans ménagement. Tsé, témoin de la scène, se posa derrière elles.

— Dites donc, qu'est-ce qui vous prend? Elle ne vous a rien fait de mal!

— Toi, déguerpis, sinon il va t'arriver la même chose. Tu ne fais pas le poids, la mouche !

Au même moment, 416e arriva à une extrémité du caillou, suivie de ses soldates. À l'autre bout, 245e venait de se hisser là-haut elle aussi. Les grosses cigales essayèrent maintenant de se faire petites.

— Vous avez bousculé mon amie l'araignée ? demanda 416e, menaçante.

— Nous avons trouvé ce repaire avant vous, répondirent en chœur les cigales.

— Et qu'y faisiez-vous exactement ?

— Nous chantions.

— Vous chantiez ! Alors qu'un essaim meurtrier risque d'anéantir tous les insectes de cette forêt, vous, les cigales, vous chantiez !

— Nous chantions, ne vous déplaise.

— Vous chantiez, j'en suis fort aise, intervint 245e. Eh bien, dansez maintenant !

Et la fourmi rouge projeta de petits jets d'acide concentré aux pieds des effrontées, qui se mirent à sautiller sur place pour les éviter. Les noires emboîtèrent le pas jusqu'à ce que les cigales décident de laisser tomber et d'abandonner à plus fortes qu'elles le caillou tant convoité. Elles s'envolèrent vers d'autres cieux sous les rires et les moqueries des hyménoptères.

Cela eut pour effet de diminuer la tension entre les deux groupes de fourmis. On se mit d'accord pour instaurer des tours de garde mixte tout au long de la nuit. Ariane avait décidé de rentrer chez elle, où sa mère l'attendait. Les noires installèrent leur campement à un bout du caillou avec Tsé et Api. Les rouges firent de même à l'autre extrémité. La pluie tombait toujours en tapant sur les larges feuilles de rhubarbe. Un peu plus tard, cette musique rythmée fut bientôt accompagnée du chant des cigales, qui s'étaient trouvé un nouvel abri.

Api les écouta un bon moment, car elle avait de la difficulté à fermer l'œil. Elle appréciait la compagnie de ses nouvelles amies, mais appréhendait les

jours à venir. Elle avait le vague pressen-
timent que les choses tourneraient mal,
vraiment mal. Comme si un gros nuage
noir se tenait au-dessus de sa tête et
qu'un violent orage allait éclater d'une
minute à l'autre. Et, comme toutes les
abeilles, elle détestait les orages.

7

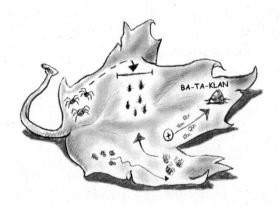

Le complot

Le lendemain matin, dans un sentier peu fréquenté du sous-bois, les premiers rayons du soleil réchauffaient deux fourmis rouges qui discutaient à voix basse, entre deux brins d'herbe.

— Les directives ont-elles été transmises aux responsables? demanda l'une d'elles.

— Oui, ma générale, répondit son interlocutrice. Les troupes ont reçu ordre de se diriger vers le sud, d'obéir à 245ᵉ jusqu'au signal convenu, puis de suivre les nouveaux ordres prioritaires.

— Ne m'appelez pas générale ici, idiote. Je ne suis qu'une simple soldate en mission d'éclaireur. Si jamais on vous avait entendue...

— Nous sommes seules, ici, ne vous en faites pas.

— Donc, quand je donnerai le signal, vous prendrez la tête des troupes et stopperez la progression vers le sud. Vous vous dirigerez plutôt vers l'est, droit sur Ba-ta-klan, laissée sans défense. Les arachnides de l'ouest bloqueront la route aux noires du côté nord. De plus, certaines de nos agentes iront provoquer les abeilles meurtrières pour ensuite les diriger vers nos ennemies. Les noires seront prises en souricière entre les deux et ce sera un vrai massacre.

— Ne croyez-vous pas que 245ᵉ risque de contester mes ordres ? Elle m'est tout de même supérieure en grade.

— Si elle fait des difficultés, je vous autorise à l'abattre.

— Éliminer notre meilleure combattante!

— Depuis quand un individu est-il plus important que notre colonie? Dois-je vous rappeler que ce plan secret a pour but d'assurer la survie de notre espèce en nous débarrassant une fois pour toutes de nos pires ennemies, ces damnées noires? Je me fous des individus. Le plan visant à faire croire que ces abeilles puissent présenter une menace pour les fourmis a parfaitement réussi. Nous avons éliminé certaines de nos propres sentinelles pour rendre plus crédible la culpabilité des abeilles meurtrières et convaincre les noires de l'urgence de la situation. Alors pourquoi hésiter à sacrifier 245ᵉ? Seul l'avenir de notre nation compte. Est-ce bien clair?

— Oui. Qu'en est-il des guêpes? Si elles se mettent de la partie, notre stratégie risque de dérailler. Ce sont de bonnes combattantes.

— Je ne crois pas qu'elles viennent au secours des noires. Ce sont des insectes solitaires et peu solidaires.

De plus, j'ai ordonné qu'on liquide l'éclaireur que la noire a envoyé vers elles. N'ayez crainte, j'ai tout prévu. Le sang de nos ennemies coulera très bientôt...

Ariane avait quitté sa fenêtre avant l'aube. Elle voulait éviter sa mère, qui avait eu vent d'une guerre imminente et qui aurait refusé de la laisser partir. La jeune araignée pénétra dans la forêt et s'orienta à travers les nombreuses branches du sentier qu'elle connaissait maintenant par cœur. Chemin faisant, son odorat capta les effluves de délicieux bolets qui avaient poussé sous les racines noueuses d'un grand thuya. Ariane s'y glissa avec empressement, devenant du coup invisible à quiconque marchait sur le chemin. Tout en dévorant son petit déjeuner avec appétit, elle entendit des voix de fourmis. Des fourmis qui parlaient tout bas. La jeune araignée sortit silencieusement de sa cachette et vit les deux rouges. Malgré les regards inquiets qu'elles lançaient autour d'elles, comme si elles craignaient d'être surprises, les rouges ne l'aperçurent pas. Intriguée, Ariane voulut en savoir plus. Elle grimpa sur une tige de fougère, tissa un fil horizontal d'une fronde à une autre, retourna au milieu de la soie et se laissa descendre sur un fil, à quelques millimètres des fourmis. Ses poils auditifs captèrent des bribes de phrase :

— ... foncera vers Ba-ta-klan, laissée sans défense... un vrai massacre ... avons élaboré ce plan secret... débarrasser de nos pires ennemies... ces damnées noires... pourquoi hésiter à sacrifier 245e?...

Ariane fulminait.

Un piège! Tout ça n'est qu'un piège! Et c'est moi qui les ai poussées dedans. Il faut avertir 416e au plus vite.

Elle remonta d'un bon pas, le long de son fil. Mais les vibrations de son déplacement secouèrent le lobe de la

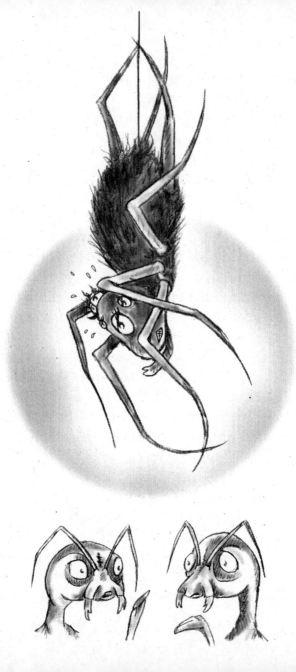

feuille sur lequel la soie était fixée. Or, ce lobe avait été entamé la veille par une chenille et seule une mince bande de tissu végétal le retenait au reste de la fronde. La bande ne résista pas. Elle se détacha, entraînant avec elle Ariane et son fil. L'araignée tomba sur le dos et se retourna aussitôt. Mais les fourmis, alertes, avaient déjà fait feu et un tir l'atteignit à l'épaule. Hurlant de douleur, Ariane se mit en boule et roula vers l'arrière. Cela lui sauva la vie, car derrière elle se trouvait un petit ravin qu'elle dévala sous une pluie de rocaille et de sable. Une pierre arrêta net sa course : elle se cogna la tête et perdit conscience. Ainsi ensevelie sous les débris, immobile, elle devint invisible au regard des rouges, qui s'étaient approchées au bord du précipice.

— Je ne la vois plus. Voulez-vous que je la retrouve et que je l'achève ?

— Non, elle a eu son compte. Je dois aller faire mon rapport d'éclaireur à cette foutue noire. Pas un mot sur l'araignée : je l'ai reconnue, c'est une de leurs alliées.

Elles quittèrent les lieux et atteignirent, un peu plus tard, le promontoire rocheux où 416e discutait déjà avec 245e et les autres éclaireurs. Tsé arriva au même moment et vint se poster à côté d'Api.

— Salut, petite. Ça va ?

— Bonjour, Tsé. Ça ira. J'ai mal dormi. Je me sentais en sécurité auprès de 416e, mais la situation m'inquiète tout de même. J'ai peur.

— Ne t'en fais pas, tout va s'arranger. Tu verras.

Les éclaireurs avaient confirmé la présence des meurtrières près du vieux moulin et évalué leur nombre à environ cinq mille. Les messagères étaient elles aussi de retour et les deux reines donnaient le même ordre clair : stopper à tout prix la nouvelle menace. Une colonne de cinq mille noires quitterait Ba-ta-klan ce matin en direction de l'ouest et quatre mille rouges partant de Déo-do-ran feraient de même. Le point de jonction serait le poste de surveillance cinquante-quatre, tout près de la piste qui permettait jadis aux ancêtres des noires d'aller s'approvisionner en grains dans les réserves du moulin. De plus, cinq cents arachnides de l'ouest se joindraient à l'aventure, à condition d'être jumelées avec des rouges.

— Et les guêpes? demanda Tsé.

— Nous n'avons aucune nouvelle d'elles, répondit 416e. L'éclaireur n'est pas revenu.

— Tu crois qu'elles ont été attaquées et dispersées?

— C'est possible. Nous n'avons toutefois pas le temps d'attendre davantage. Nous devons regrouper nos forces, installer un campement au point de ralliement et établir un plan d'attaque. Nous déclencherons les hostilités par temps couvert, puisque les abeilles éprouvent de la difficulté à se diriger en l'absence du soleil.

— Dis donc, 416e, poursuivit Tsé, cinq mille noires, c'est beaucoup. Combien la cité compte-t-elle de soldates?

— Environ six mille. La reine en produira d'autres si la situation l'exige. La colonie demeurera vulnérable quelques jours, mais nos ennemies seront à nos côtés. Il n'y a donc rien à craindre.

— Tu crois vraiment que ce sera suffisant pour vaincre ces meurtrières ?

— Il le faudra bien. Elles sont terriblement combatives, mais nous avons l'habitude de la guerre et essaierons de les prendre par surprise. As-tu vu Ariane ?

— Non, elle m'avait pourtant dit qu'elle serait là.

— Sa mère l'en a peut-être empêchée. Tsé, j'aimerais que tu ailles en reconnaissance vers le vieux moulin afin de retrouver notre éclaireur qui n'est pas encore revenu. Par la même occasion, essaie de joindre Vespa. Et...

La fourmi jeta un regard vers la chef des rouges pour s'assurer qu'elle ne pouvait entendre et poursuivit :

— ... tant qu'à y être, fais donc un petit détour vers Déo-do-ran pour t'assurer que les troupes des rouges se dirigent bien vers le sud.

Tsé adressa un sourire moqueur à la fourmi.

— Tu ne leur fais pas confiance, n'est-ce pas ?

— Pour le moment, oui. Mais au moindre faux pas, je lance l'alerte rouge !

— Tu viens avec moi, Api ?

— Non merci, Tsé. Je préfère rester le plus longtemps possible loin de ces assassines. Je vais attendre Ariane ici.

— D'accord. À plus tard !

Tsé s'envola vers le sud-est, soucieuse. *Qu'est-il advenu des guêpes ? Pourquoi n'ont-elles pas répondu à l'appel ?*

Quand, un peu plus tard, elle entra dans leur territoire, elle constata que les nids suspendus çà et là semblaient intacts. Les guêpes n'étant pas aussi territoriales que les fourmis, à condition qu'on ne s'approche pas trop de leurs colonies, Tsé put survoler la région en paix. La mouche aurait aimé les interroger, mais leur indulgence envers les diptères n'allait pas jusque-là. Elle se posa donc sur une feuille de vinaigrier et réfléchit un instant. Quelque chose sur le sol attira son attention. Elle se posa et aperçut un bout de patte de fourmi qui dépassait d'une feuille d'érable.

Absorbée par sa découverte, elle n'aperçut pas la forme ailée, jaune et noire qui fonçait sur elle du haut des airs.

8

Un cadavre
sous la feuille

Le sol de la forêt tremblait sous la marche rythmée de la longue colonne formée de milliers de fourmis noires. Des limaces, tapies sous la couverture végétale du sous-bois, retenaient leur souffle en regardant cette puissance militaire défiler à quelques millimètres d'eux. Les légions se dirigeaient plein sud à un rythme spartiate : pas de pause, ni de repas. Il fallait atteindre l'objectif le plus rapidement possible. Simultanément, les rouges avaient quitté Déo-do-ran et convergeaient elles aussi vers le point de ralliement fixé par 416e. Leur armée, tout aussi organisée et structurée, avançait au pas, en silence. Quelques mètres plus loin, un groupe d'arachnides de l'ouest prenait aussi la route. En file indienne, ces grosses araignées rousses ressemblaient à un convoi de chars d'assaut.

Voilà ce qu'avait pu voir, du haut des airs, Vespa la guêpe. Ces mouvements de troupes ne pouvaient signifier qu'une chose : la guerre venait d'être déclarée entre les noires et les rouges. Quant aux arachnides de l'ouest, elles se rangeaient comme toujours du côté des rouges.

Ces guerrières ne peuvent s'empêcher de se secouer les puces à tout moment ! Quelle perte de temps !

La guêpe se dirigeait vers son nid lorsqu'elle aperçut sur le sol une silhouette familière. Elle s'approcha.

— Salut, Tsé !

La jeune mouche sursauta.

— Vespa! Tu m'as fait une de ces peurs! J'ai cru que c'était une abeille!

— Depuis quand as-tu peur des abeilles? Ces insectes sont inoffensifs!

— Ça, je n'en suis plus aussi sûre.

Et Tsé repoussa la feuille qui était devant elle et découvrit, horrifiée, le cadavre d'une noire.

L'éclaireur!

— Tu vois cette fourmi? C'est un éclaireur envoyé par 416e pour vous avertir du danger.

— Hum... Je crois qu'elle n'éclairera plus personne, celle-là. Quel danger?

— Ce n'est pas le moment de rire, Vespa. L'heure est grave. Tous les habitants de la forêt sont menacés. Des abeilles d'une espèce inconnue ont envahi le territoire. Présentement, les rouges, les noires et les arachnides de l'ouest se dirigent par ici pour les combattre.

— Je sais, Tsé. Je viens de survoler la région. Les armées sont en route.

— Les guêpes vont-elles se joindre à nous?

— Pourquoi vous en faites-vous autant ? Ces abeilles sont passées par ici et ne nous ont pas attaquées. Elles ne s'intéressent qu'aux ruches.

— Alors pour quelle raison auraient-elles tué les sentinelles des fourmis ? demanda Tsé. Des noires comme des rouges.

— Elles ont fait ça ! Elles ont osé s'attaquer à des fourmis ?

— Tu vois bien qu'il se passe quelque chose d'anormal ! Je dois avertir 416e de la mort de cet éclaireur. Qu'est-ce que tu crois ? Qu'elle a été tuée ?

— Les crises cardiaques sont plutôt rares, chez les fourmis ! Et ça n'expliquerait pas ce trou béant dans son abdomen.

— Acide formique ?

— De toute évidence.

— Comment est-ce possible ? Les rouges et les noires sont devenues alliées.

— Il y en a peut-être une ou deux qui l'ignorent.

— Et Ariane qui n'était pas au rendez-vous ce matin! Ça ne lui ressemble pas tellement. Tu devrais venir avec moi et discuter avec les fourmis.

— Bien sûr, Tsé. Si nous sommes en danger, je ne te laisserai pas partir toute seule.

Les deux insectes volaient côte à côte depuis un moment lorsqu'un bourdonnement parvint à leurs oreilles. Une abeille! Tsé paniqua et se cacha, mais Vespa se campa, prête à se défendre. Api sortit du feuillage d'un arbre et se retrouva face à face avec la guêpe. Elle voulut faire demi-tour, mais évalua mal ses distances et cette erreur de débutante lui fit perdre le contrôle. La pauvre abeille percuta une branche d'ostryer et tomba au sol, sonnée. Tsé la reconnut et alla lui prêter main-forte. Vespa la suivit.

— C'est ça, tes meurtrières? dit-elle en se moquant.

— Mais non, c'est Api, une amie. Sa colonie a été détruite par ces monstres.

— Désolée. Elle reprend conscience. Heureuse de te connaître, Api. Les amies de Tsé sont mes amies.

Api regarda Vespa, tout étonnée. Puis elle s'adressa à Tsé :

— Tu as beaucoup d'autres camarades, en plus des araignées, des fourmis et des guêpes ?

— Bien sûr, j'ai aussi une abeille comme copine. Toi ! Mais pourquoi es-tu ici ? Tu as refusé de m'accompagner, tout à l'heure.

— Comme Ariane ne revenait pas, je suis allée jusque chez elle. Sa mère a d'abord voulu m'attraper, mais je lui ai dit que j'étais une amie de sa fille. Elle m'a déclaré qu'Ariane avait quitté la maison très tôt, sans l'avertir. Peut-être est-elle…, commença Api, horrifiée.

Vespa lui coupa la parole :

— Partons tout de suite, il faut la retrouver. Il se passe des choses inquiétantes dans cette forêt. Ton rapport à 416e attendra, lança-t-elle à la mouche.

9

Ariane perd
le fil

Ariane reprit graduellement conscience. Sa tête lui faisait mal et son
épaule l'élançait. Elle avait beaucoup
de difficulté à respirer, des pierres et
du sable comprimaient son thorax. Que
s'était-il passé? Elle bougea ses pattes,
parvint à se soulever un peu, secoua

la tête et respira un bon coup. Enfin! De l'air. Ses huit yeux scrutèrent les alentours. Seule au pied d'un monticule de pierraille, elle était couverte de débris. *Je suis sûrement tombée de là-haut.* L'araignée dégagea ses membres, fit sa toilette et lécha sa plaie à l'épaule. *Il faut que je remonte la pente. En faisant le chemin inverse, je trouverai peut-être des réponses à mes questions.* L'ascension fut difficile. Par trois fois, son corps meurtri glissa jusqu'en bas de la dénivellation. Ses efforts furent récompensés lorsque, tout essoufflée, Ariane franchit le bord du ravin et put jeter un coup d'œil à la ronde. Déçue de ne rien trouver d'exceptionnel, elle suivit une piste qui serpentait entre les brins d'herbes et les feuilles mortes. Une odeur de champignons vint chatouiller ses récepteurs olfactifs.

Ce savoureux parfum me semble familier!

La source des effluves se trouvait sous les racines du grand thuya. Tout en mâchant sa nourriture, l'araignée observait le décor.

Pas mauvais, ces champignons, même si les araignées mangent des mouches, d'habitude!

Son festin terminé, Ariane reprit le sentier en se dirigeant vers le nord. Elle marchait au hasard sans vraiment savoir où elle allait, cherchant du regard des indices qui déclencheraient en elle un souvenir. Soudain, elle s'arrêta net. Ses poils auditifs perçurent un bourdonnement et ses yeux distinguèrent une forme ailée jaune et noire se rapprochant d'elle. À sa grande frayeur, deux autres insectes inconnus apparurent et foncèrent sur elle. Ariane, désemparée, se mit en boule et attendit le coup fatal. Les trois étrangers se posèrent à ses côtés.

Vespa s'approcha et lui sourit.

— Désolée de t'avoir fait peur, Ariane. Tu ne nous as pas reconnues?

— Mais... mais qui êtes-vous? demanda l'araignée, encore recroquevillée.

— Dis donc! Je sais bien que ça fait un bout de temps que je ne t'ai pas donné de nouvelles, mais de là à faire semblant de ne pas me connaître!

Puis Vespa se rendit compte de la peur réelle de son amie.

— Hé! C'est moi, Vespa. Nous sommes copines. Tu ne t'en souviens pas? Que t'est-il arrivé?

— Je ne sais pas... Comment une guêpe peut-elle être l'amie d'une araignée?

— Ma pauvre, tu n'es pas au bout de tes peines. Tu es une araignée très spéciale. Voici Tsé, ton amie la mouche.

— Salut, Ariane.

— Une mouche! Oui, je me rappelle vaguement... Une mouche qui s'amuse à foncer dans ma toile et... Ça n'a aucun sens, ce que je dis!

— Mais oui, on jouait à la toile trouée. Puis Api, que voici, est arrivée. Puis 416e, et les rouges...

— Non, ça, je ne m'en souviens pas, répondit l'araignée en regardant la jeune abeille.

— Tu as de toute évidence perdu la mémoire.

— Les rouges... Quelque chose me vient à l'esprit quand je pense à ces fourmis rouges.

— Quelque chose qui pourrait expliquer tes blessures ?

— Mes blessures ?

— Tu as une plaie à la tête et ton épaule saigne.

— Non, je suis tombée... Enfin, j'imagine...

Tsé prit Vespa à part.

— Je crois qu'elle a une araignée au plafond, dit la mouche. Il vaudrait mieux la reconduire chez elle ; sa mère en prendra soin.

La guêpe acquiesça. Les deux amies retournèrent près de l'araignée et lui proposèrent de la ramener sur le rebord de sa fenêtre.

— Non, répondit Ariane. Je dois... je devais faire quelque chose d'important.

— Quoi ? demanda Tsé.

— Je ne m'en souviens pas. Les rouges... avertir... les abeilles...

— Avertir les abeilles ?

— Ah ! Je ne sais plus.

— Écoute-moi, Ariane, intervint Vespa. Tu as besoin de repos. Laisse-nous te reconduire chez toi. Tu te soigneras bien, et je suis certaine que la mémoire te reviendra. Mais tu dois d'abord reprendre des forces.

Ariane soupira.

— D'accord…

Api, Vespa et Tsé raccompagnèrent donc leur amie amnésique vers le bungalow où elle habitait.

10

Les grandes
manœuvres militaires

Les légions noires progressaient
rapidement. L'avant-garde atteignit le
point de rassemblement – le poste de
surveillance cinquante-quatre –, situé
au cœur d'une vieille pinède, lorsque
le soleil fut au zénith. Les soldates s'y
installèrent en attendant l'arrivée de
leurs alliées du moment. Deux d'entre

elles furent envoyées en mission pour évaluer la position et le nombre des abeilles meurtrières.

La chef des noires surveillait de près les gestes de ses troupes. Inquiète, perturbée par les évènements de la journée, 416e demeurait toutefois concentrée sur ses devoirs de générale des armées.

Tsé avait raison. Nous, les fourmis, sommes souvent déstabilisées face aux imprévus. Mais que fait-elle, justement? Elle devrait être de retour depuis longtemps! Et Ariane?

Son aide de camp interrompit ses pensées.

— Oui?

— Générale, l'avant-garde des rouges approche. Quant aux arachnides, ces lourdaudes ont pris du retard et sont encore à un demi-kilomètre.

— Bien. Que l'on installe le campement, avec sentinelles et tours de garde. Je vais accueillir nos... alliées.

— À vos ordres, ma générale.

Les premières rouges apparurent bientôt, avec 245e en tête. En dépit de son antipathie pour ces rouges, 416e dut reconnaître la grande homogénéité de leurs troupes. Les pattes de toutes les fourmis battaient le sol avec un synchronisme parfait. Dans un silence absolu, les fourmis rouges se mouvaient sur le tapis d'aiguilles de pin avec une grâce presque troublante. Les soldates se rangèrent à distance respectueuse des noires, et rompirent les rangs. Leur chef vint trouver 416e.

— Nous sommes là, générale, tel que promis. Prêtes à combattre, même si l'idée de le faire à vos côtés nous semble bien étrange.

— En effet. De mémoire de fourmi, jamais nos deux espèces ne se sont alliées dans le passé. Mais qui sait? Peut-être est-ce là le début d'un temps nouveau, dit 416e sans en croire un seul mot.

— Comme vous l'avez sans doute remarqué, une partie de nos effectifs manque à l'appel. Je commande les cinq premières compagnies. La générale 267e suivra bientôt avec le reste des troupes. Les fortes pluies du printemps ont endommagé le pont de la rivière, qui s'est écroulé derrière nous. Les autres ont dû attendre que nos ingénieurs en construisent un nouveau pour reprendre la route. Ce léger contretemps me désole. Quoi de neuf au sujet des abeilles meurtrières?

La noire, qui s'en voulait de ne pas avoir détecté l'absence d'un si grand nombre de rouges, se jura d'être plus vigilante à l'avenir.

— J'ai envoyé des éclaireurs, il y a quelques minutes. Nous serons bientôt fixées. Par contre, Tsé, Api et Ariane n'ont pas donné signe de vie.

— Qui?

— La mouche, l'abeille et l'araignée d'hier.

— Ah oui! Vos... hum... amies.

La noire ignora l'allusion et poursuivit la conversation.

— Les guêpes ne se sont pas manifestées non plus.

— Il n'y a rien à espérer de ces vespidées. Elles sont bien trop indépendantes!

— Elles sont pourtant de bonnes combattantes munies d'un aiguillon fort efficace. Et surtout, ce sont nos seules alliées pouvant voler !

— Il faudra pourtant s'en passer. Quand attaquerons-nous ?

— Au retour des éclaireurs, nous connaîtrons la position et le nombre de l'ennemi. Mais nous attendrons l'arrivée du reste de votre armée et des arachnides de l'ouest qui ont pris du retard. Enfin, si le temps reste couvert et que la lune demeure cachée, l'offensive pourra être déclenchée cette nuit.

Au bout du sentier apparut la maison d'Ariane. Quittant la couverture des arbres, le groupe s'aventura parmi les brins d'herbe.

— Voilà, dit Vespa en s'adressant à l'araignée. Tu vois la fenêtre, là-bas ? Tu n'as qu'à y grimper. Ta mère rôde sûrement dans le coin.

— Et comme toutes les mères, ajouta Tsé, elle doit être morte d'inquiétude, s'imaginant sans doute que tu es en danger de mort, prise dans un piège et…

Ariane se figea.

— Un piège! Ça me revient! Les rouges… les abeilles… C'est un piège! Ce sont les rouges qui ont tué les sentinelles. Pas les abeilles! Et 245e n'est au courant de rien. Ses supérieures se servent d'elle et vont l'éliminer si elle refuse de collaborer au complot.

— Quoi! s'étonna Tsé.

— Je vous le jure. Vous pouvez me faire confiance: tout est clair, dans ma tête. Je me rappelle que j'ai surpris deux fourmis rouges en train de discuter. Ce sont elles qui m'ont tiré dessus. Je suis alors tombée en bas de la butte et j'ai perdu conscience. Il faut que j'aille avertir 416e de cette fourberie, dit-elle en se mettant en marche.

Vespa l'attrapa par une patte.

— Un instant! Tu n'es pas en état de voyager. Je vais y aller moi-même, déclara-t-elle.

— Non, dit Api. Sans vouloir vous offenser, je suis beaucoup plus rapide. J'y serai bien avant vous.

Vespa regarda Tsé.

— Api dit vrai. Je crois même qu'elle peut me battre de vitesse, confirma la mouche.

— D'accord, vole de toutes tes forces, gamine, l'encouragea Vespa. Chaque minute compte!

Api prit son envol et disparut rapidement dans le ciel.

— Tsé, essaie quand même de la suivre de près, dit la guêpe. On ne sait jamais, avec ces rouges... Moi, je file à la maison. Je crois que des renforts seront nécessaires.

— Et moi? demanda Ariane.

— Toi, tu rentres chez toi, lui répondit Vespa. Tu as recouvré la mémoire, mais tu es toujours blessée. Tu en as assez fait, le reste va se décider au combat. Et ça ne sera pas du gâteau!

Tsé et Vespa décollèrent aussitôt. Ariane, penaude, franchit quelques pas en direction de sa maison, s'arrêta, fit demi-tour et s'élança de ses huit pattes en direction de la forêt.

11

La confrontation

Une faible brise soufflait dans la pinède, où deux armées traditionnellement ennemies se côtoyaient en attendant le début des hostilités. Un bon moment s'était écoulé depuis l'arrivée des premières rouges. La générale 416ᵉ se tenait aux aguets sur le dessus d'une racine, dans la lumière tamisée de cette fin d'après-midi. De plus en plus impatiente, elle fit quérir la chef des rouges. Celle-ci apparut à peine deux minutes plus tard.

— Vous vouliez me voir? dit 245e.

— Où diable est donc votre armée? Elle devrait être ici depuis des heures! Et ces arachnides de l'ouest? maugréa la noire, qui commençait à voir rouge.

— Je suis aussi inquiète que vous. J'ai déjà envoyé mes éclaireurs. Ils devraient être de retour bientôt. Ah! Justement, les voici.

Les deux fourmis, qui étaient en fait celles qu'Ariane avait surprises en train de comploter, s'avancèrent vers 245e.

— 278e au rapport, chef!

— Alors, où en est le reste de nos troupes?

— Elles arrivent, elles sont juste en bas du promontoire, là-bas.

— Et les arachnides?

— Au même endroit. Elles ont rejoint les nôtres.

Se tournant vers 416e, 245e lui demanda:

— Satisfaite?

— À la bonne heure! Établissons notre plan, maintenant. Avec une telle force de frappe, nous...

— C'EST UN PIÈGE, 416e!

Api venait de se poser à quelques millimètres des deux chefs.

— Quoi? s'écrièrent simultanément 416e et 245e.

— C'est un piège! Ariane a tout découvert: les rouges ont tué vos sentinelles. Elles ont aussi tué leurs propres gardes. Les stratèges rouges ont profité de la venue de ces nouvelles abeilles pour faire croire qu'elles s'attaquaient aux fourmis.

— C'est ridicule! lança 245e.

— Dans quel but auraient-elles fait ça? demanda 416e.

— Euh... Ça, Ariane ne m'en a pas parlé!

— Moi, je le sais, dit Tsé, qui arrivait à son tour. Je viens de survoler la région, et pendant que vous perdez votre temps à discuter, le gros des troupes de Déo-do-ran se dirige à toute vitesse vers Ba-ta-klan. Voilà le but de cette diversion avec les abeilles : attaquer et détruire Ba-ta-klan laissée sans défense ou presque, parce que son armée est ici à combattre une menace qui n'en est pas une. De plus, les arachnides de l'ouest bloquent le sentier qui mène à ta cité, 416e, pour empêcher le retour des troupes. Et ce n'est pas tout : des rouges sont allées provoquer les abeilles et se replient par ici. Bientôt, vous serez coincées entre les arachnides et ces meurtrières.

S'avançant vers les éclaireurs, 245e tonna :

— Vous venez de me dire que nos troupes étaient sur le point d'arriver. Vous m'avez menti !

L'un des deux prit la parole :

— Je ne suis pas un éclaireur. Je suis 673e, envoyée spéciale de la reine, et j'ai des ordres prioritaires. Vous devez attaquer ces noires, les éliminer toutes et foncer vers Ba-ta-klan.

En réponse à un signal de 416e, toutes les soldates noires se mirent en position d'attaque. Mais la réaction de 245e prit tout le monde par surprise.

94

— Je n'obéirai pas à ces ordres, rétorqua-t-elle.

— Vous osez ignorer un ordre de votre souveraine ?

— Je ne vous reconnais aucune autorité, lança 245e avec défi.

— Vous n'êtes qu'une traîtresse !

En prononçant ces mots, l'envoyée spéciale replia son abdomen et s'apprêta à faire feu sur 245e. Mais Tsé s'interposa en la percutant de tout son poids. La fourmi alla rouler dans les aiguilles de pin. L'autre faux éclaireur sauta alors sur la mouche, la renversa et tenta de l'atteindre avec ses mandibules. Braquant son abdomen, 416e voulut défendre son amie, mais elle se ravisa car elle risquait de toucher Tsé. Contre toute attente, ce fut Api qui sauva la situation en plantant son aiguillon dans le dos de la fourmi. Paralysée, la rouge tomba à la renverse. Tsé se releva avec peine.

Après avoir jeté un coup d'œil à ses troupes pour s'assurer de leur loyauté, 245e s'adressa à 416e :

— Je n'étais pas au courant, je suis désolée.

— Peu importe. À présent, leur plan va réussir. Nous serons bientôt coincées entre les arachnides de l'ouest et ces abeilles tueuses.

En effet, un bourdonnement inquiétant se faisait entendre, en provenance du sud. Les meurtrières arrivaient.

— Partez, dit 245e. Filez vers Ba-ta-klan. À pleine vitesse, vous pouvez encore les rattraper.

— Vous oubliez les arachnides. Elles ne peuvent nous vaincre, mais elles vont nous ralentir.

— Pas si j'envoie la moitié de mes troupes en avant-garde. Mes soldates pratiqueront une brèche pour que vous puissiez passer. Avec le reste de mes effectifs, je m'occuperai des abeilles.

— Vous feriez cela ?

— Vous m'avez sauvé la vie, je vous dois bien ça !

— Vous n'y arriverez pas, elles sont trop nombreuses !

— Peut-être, mais de toute façon, nous avons désobéi à notre reine. Nous voilà renégates, nos têtes seront mises à prix. Alors autant périr au combat.

— Finalement, je crois qu'il peut y avoir du bon chez les rouges aussi. Vous m'avez ouvert les yeux, 245e. J'aurais aimé me battre à vos côtés.

— Allez, vous devez partir. Le temps presse !

L'armée des noires leva le camp et, précédée des fidèles de 245e, s'élança vers le nord. Les rouges restantes se positionnèrent pour affronter les meurtrières. Un peu plus loin, Tsé tenait Api entre ses pattes. La pauvre saignait abondamment de la plaie laissée par l'avulsion de son dard.

— Pourquoi as-tu fait ça, Api ? Tu sais bien que les abeilles ne piquent qu'une seule fois...

— On appelle ça de l'entraide, j'imagine. Tu étais en difficulté et... Ahh !

La pauvre abeille fut secouée par un spasme.

— Reste avec moi, Api, ne ferme pas les yeux. Je vais te raconter une histoire. C'était une vieille forêt, peuplée d'arbres qui pensaient et qui parlaient. Des humains y firent une coupe à blanc et arrachèrent même les souches. Mais ils en oublièrent une : celle d'un arbre s'appelant Karêne...

Pendant ce temps, la première vague d'abeilles déferlait sur le groupe tel un raz-de-marée. Les rouges firent feu, mais elles ne pouvaient toutes les atteindre. Les cadavres de fourmis commencèrent à s'empiler. La courageuse 245e se battait avec férocité ; ses tirs étaient précis et ses coups de mandibules, mortels. Malgré tout, elle voyait bien que les abeilles prenaient le dessus et que les fourmis tombaient comme

des mouches. La rouge se mit à broyer du noir.

Tout est perdu! Il n'y a plus aucun espoir!

Soudain, un nouveau bourdonnement se fit entendre.

Encore des renforts pour ces tueuses! Je vais mourir, mais tant que je serai debout, je combattrai, songea-t-elle.

À sa grande surprise, cependant, ce furent des guêpes qui apparurent dans le ciel et qui prirent part au combat. Presque aussi rapides que les abeilles tueuses, elles leur opposaient une résistance de taille.

Des guêpes? Mais qu'est-ce qu'elles font ici? pensa 245e.

Les nouvelles venues causèrent une certaine panique chez les meurtrières et, pendant un instant, 245e crut que cela serait suffisant pour remporter la victoire. Mais de nouvelles troupes continuaient également d'affluer chez l'ennemi. Bientôt, les fourmis et les guêpes furent submergées. Vespa se fraya un chemin jusqu'à 245e.

— Mais où sont les noires? demanda-t-elle.

— Elles ont quitté les lieux pour sauver leur cité. Nous sommes restées pour affronter ces tueuses.

— Elles sont trop fortes, il faut se replier.

— Impossible, elles nous ont complètement encerclées, maintenant. Mais vous avez des ailes, fuyez pendant qu'il en est encore temps!

— Pas question. J'ai mon amie la mouche qui ne veut pas quitter Api, agonisante. Je ne les laisserai pas aux mains de ces monstres.

— Alors nous allons toutes périr ensemble.

Le combat se poursuivit et le nombre de survivantes rétrécissait toujours. Plus qu'une dizaine de fourmis et de guêpes entouraient maintenant 245e, Vespa, Tsé et Api. Il n'y avait plus aucune issue! Tout était vraiment perdu!

12

La victoire
des abeilles

Le soleil disparut derrière la cime
des arbres comme si ses rayons ne
voulaient plus caresser toutes ces
dépouilles d'insectes qui jonchaient le
tapis d'aiguilles, au pied des grands
pins. Au milieu de cette hécatombe,
cependant, subsistait encore une étincelle

de vie. Quelques valeureuses combattantes résistaient toujours. Mais pour combien de temps?

Tsé s'était réfugiée sous deux racines qui se croisaient en formant un dôme au-dessus de sa tête. Elle serrait toujours Api contre elle et poursuivait son histoire:

— La pauvre souche s'extirpa du sol et s'enfuit. Elle se retrouva dans une contrée inconnue et demanda son chemin à un écureuil qui passait par là. En échange du renseignement, le petit rongeur exigea un gland qui se trouvait coincé entre deux racines de Karène. Le marché fut conclu et la souche marcha jusqu'à une grande forêt au pied des montagnes. Elle planta ses racines dans la terre riche et redevint un chêne majestueux qui aimait converser avec ses nouveaux voisins.

La mouche se tut et regarda son amie.

La pauvre n'en a plus pour bien longtemps. Et moi non plus, d'ailleurs, pensa-t-elle, en voyant les meurtrières virevolter autour d'elles.

La carapace des dernières rouges vivantes ne brillait plus. Du sang séché les recouvrait de la tête aux pattes. Épuisées, les guêpes restantes se contentaient de repousser les attaques des abeilles meurtrières. Malgré tout leur courage, les dernières survivantes s'apprêtaient à plier l'échine et à accepter le coup de grâce. Vespa et 245e se tenaient maintenant dos à dos. Plus rien ne pouvait les sauver.

Plus rien? Non. Les secours prirent la forme d'une araignée noire. À son grand étonnement, Vespa aperçut Ariane qui arrivait du sud sans se soucier des abeilles qui lui tournaient autour. Elle marchait sur les cadavres en se dirigeant vers les assiégées. Une grosse meurtrière fonça alors sur l'araignée.

— Attention! cria Vespa.

Au moment où l'abeille allait positionner son aiguillon, un formidable coup de patte l'envoya valser dix centimètres plus loin. Une autre araignée, de taille imposante, suivait Ariane. Mère et fille rejoignirent les dernières soldates. Ce n'était pas le moment de faire les présentations. La mère d'Ariane prit plutôt les choses en main.

— Vite, tout le monde doit se réfugier avec la mouche, ordonna-t-elle en voyant la cachette de Tsé. Entassez-vous le plus possible sous les racines.

— Ça ne servira à rien, protesta 245e. Nous allons mourir, de toute façon.

— Je n'ai pas l'habitude de discuter avec les insectes, alors faites ce que je vous dis ! lança l'immense araignée d'un ton sans réplique. Et servez-vous de vos glandes pour me couvrir.

La fourmi rouge haussa les épaules et battit en retraite avec Vespa et les autres. Entassées sous la petite voûte, elles regardèrent l'araignée se mettre à tisser. Ariane comprit immédiatement où sa mère voulait en venir et l'imita. Les fourmis tiraient sur les abeilles qui tentaient de s'interposer. Travaillant à une vitesse étonnante, se servant des racines en guise d'appui, les deux tisserandes recouvrirent leur cachette d'une

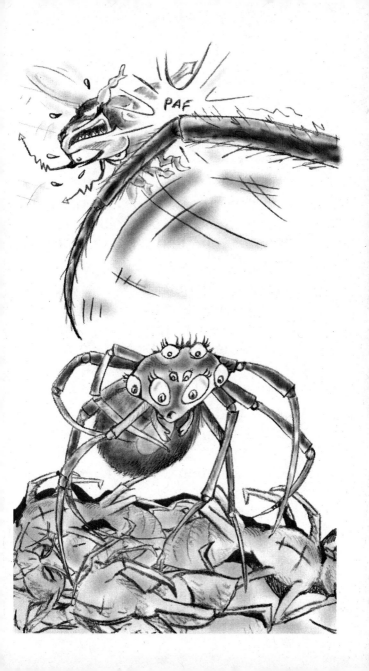

toile de plus en plus épaisse, qui plongea ses occupantes dans l'obscurité.

Ariane venait d'apprendre qu'en modifiant la composition chimique des soies, celles-ci devenaient moins collantes, mais beaucoup plus solides. Les meurtrières tentaient de les briser, sans succès. Les assauts sur la structure diminuèrent graduellement, puis cessèrent.

Le silence et la nuit tombèrent sur la pinède. Ariane et ses amies étaient saines et sauves. Guêpes, fourmis, abeille, mouche et araignées restaient immobiles, dans cette proximité inhabituelle.

Au petit matin, 245e pratiqua une ouverture dans la toile et jeta un coup d'œil à l'extérieur. La pinède semblait déserte, à l'exception des centaines de corps qui gisaient épars. Les abeilles avaient quitté le champ de bataille, et tout danger semblait écarté.

Les survivantes abandonnèrent donc leur abri de fortune. Tsé et Ariane offrirent une sépulture décente à Api, décédée juste avant le lever du jour. Les fourmis les aidèrent à creuser la tombe.

— Elles se sont repliées, nous pouvons retourner chez nous, annonça Vespa après avoir survolé la région.

— Nous avons perdu. Elles sont trop fortes pour nous, dit 245e. Elles nous auront un jour ou l'autre.

— Je ne crois pas, répondit Vespa. Elles ne sont pas responsables de la mort des sentinelles, finalement, et ont traversé le territoire des guêpes sans s'en prendre à nous. Je crois qu'elles s'en tiendront aux ruches, à moins qu'on ne les provoque.

— Alors, toutes les abeilles vont périr ? demanda Ariane. Api serait donc morte pour rien...

— Effectivement, l'avenir semble très sombre pour ces butineuses, reprit la guêpe. Mais Api n'est pas morte pour rien : elle a sauvé la vie de Tsé. Ne l'oublie pas.

13

L'ultime bataille

Au moment où, dans la pinède, les abeilles meurtrières écrasaient les fourmis et les guêpes, une ultime bataille allait se dérouler un peu plus loin...

Suivie de ses troupes, 416e fonçait à toute allure en direction de Ba-ta-klan. Ses pattes endolories la faisaient atrocement souffrir et son cœur battait à tout rompre. Elle maintenait toutefois la cadence. Elle atteignit le sommet d'une pente et un inquiétant spectacle s'offrit alors à ses yeux.

Les troupes ennemies, composées de rouges, avaient déjà atteint la cité des noires et encerclaient la fourmilière. Les sentinelles, sur le dessus du dôme, les bombardaient pour protéger les voies d'entrée, bloquées par de gros cailloux. Derrière ces cailloux, les compatriotes de 416e se massaient à l'intérieur des galeries et des chambres. Mais la chef des noires savait qu'elles étaient trop peu nombreuses pour soutenir un siège. Elle se tourna vers son armée.

— Notre cité a besoin de vous et de votre courage, lança-t-elle à ses soldates. Jamais l'issue d'une bataille n'a été aussi cruciale pour l'avenir de notre race. La partie est loin d'être gagnée, mais nous pouvons vaincre cette racaille. Pour la vie de votre souveraine et pour l'avenir de Ba-ta-klan, foncez ! À l'attaque !

Les fourmis noires dévalèrent la pente et percutèrent de plein fouet l'arrière-garde de l'armée ennemie. Cela causa tout un émoi parmi les rouges. Les mandibules acérées s'entrechoquaient et les soldates en venaient au corps à corps. Sur le dessus du dôme, les dernières combattantes venaient de tomber et les rouges s'apprêtaient à pénétrer dans les galeries. La chef des noires s'en aperçut et cela décupla ses forces. Elle fauchait ses ennemies avec une férocité et une fougue hors du commun. Certaines rouges se défilaient plutôt que de l'affronter. Les noires en profitaient et se rapprochaient de plus en plus. Les générales rouges hurlèrent des ordres pour qu'on stoppe l'avancée de 416e.

Pendant ce temps, des rouges déplaçaient une première pierre et pénétraient dans une galerie. Mal leur en prit, car elles furent violemment repoussées à l'extérieur par les énormes fourmis à tête plate, que la reine avait judicieusement postées derrière chaque entrée. Ces soldates résistaient pour le moment à l'assaut répété des rouges.

Grâce à l'acharnement de leur chef, les noires venaient de percer les rangs de l'armée opposée et se déployaient tout autour de leur cité. Ainsi regroupées et rejointes par les soldates qui étaient à l'intérieur de la fourmilière, 416e et ses troupes s'employaient maintenant à repousser les rouges. Celles-ci combattaient encore, mais semblaient en proie à un certain découragement. La bataille facile qu'on leur avait promise dégénérait en une guerre de tranchées. Elles attendaient toujours la venue des troupes de 245e, car elles ne savaient rien de sa défection. Les noires, quant à elles, redoublaient d'ardeur, sentant que le vent était en train de tourner. Les chefs des assaillantes durent se rendre à l'évidence. Le plan qu'elles avaient si minutieusement concocté avait échoué. Résignées, elles donnèrent l'ordre aux rouges de battre en retraite. À la vue de leurs ennemies qui décampaient, les noires lançaient des hourras et des bravos en se félicitant mutuellement. La cité était sauvée.

Par ailleurs, les abeilles continuaient leur percée vers le nord, détruisant les populations locales et prenant possession des ruches. Plus rien ni personne ne pouvait les arrêter. La voie était libre. La reine de Ba-ta-klan avait formellement ordonné de ne plus s'opposer à l'essaim.

Cependant, contre toute attente, les meurtrières stoppèrent leur progression à l'extrême limite nord de la grande forêt. Une imposante ruche fut détruite en quelques minutes, alors que moins d'un mètre plus loin, une autre fut laissée intacte. Pourquoi ? Nul ne le savait. Comme si un mur invisible, s'étendant d'est en ouest, empêchait les abeilles d'aller au-delà de cette ligne.

Voilà ce dont discutaient 416e, Tsé et Ariane, rassemblées près de la maison de l'araignée.

— Je dois vous quitter bientôt, dit la fourmi noire. Depuis cette aventure, Sa Majesté n'aime pas beaucoup que je m'éloigne de la cité.

— Ba-ta-klan a bien failli être envahie, c'est normal qu'elle soit nerveuse, fit remarquer Ariane.

— Oui, et elle veut que nous revoyions tout notre système d'alerte générale, car ce plan des rouges aurait pu être découvert dès le départ.

— Que veux-tu dire, 416e?

— En fait, comme nous le savons maintenant, ces nouvelles abeilles ne présentaient aucun danger pour les fourmis. Les rouges se sont servies de leur arrivée pour élaborer leur plan diabolique. Elles ont tout d'abord provoqué un groupe de meurtrières en sachant que cela déclencherait leur grande agressivité. Ensuite, les rouges les ont attirées vers nos sentinelles et vers certaines de leurs propres gardes.

— Oui, je comprends, intervint Tsé. Mais en quoi votre système d'alerte a-t-il été défaillant?

— Parce que nous savons maintenant que le message transmis a été mal interprété. Les deux mots qui sont arrivés jusqu'à moi sont « alerte » et

114

« miel ». « Alerte », bien sûr, pour signaler l'attaque sur nos soldates. Mais le deuxième mot, « miel », a été par erreur associé aux abeilles mellifères, ces productrices de miel. Vous me suivez ?

— Oui, continue, répondit Ariane.

— Sauf que ce n'était pas « miel » que 289 635e, une guerrière expérimentée, voulait dire, mais « miellat ». Et qui dit miellat, dit fourmis rouges.

— Pourquoi?

— Mais voyons, Tsé! Tu ne t'en souviens pas? Lorsque nous sommes allées chercher l'antidote chez les rouges, l'automne dernier...

— Elle ne peut pas s'en souvenir, l'interrompit Ariane, elle était dans le coma!

— C'est vrai. Excuse-moi, Tsé. J'ai découvert, cette fois-là, que les rouges pratiquaient l'esclavage des pucerons. Ces petits insectes produisent une substance sucrée appelée miellat. Les rouges en raffolent et sont imprégnées de cette odeur. Les récepteurs de 289 635e avaient détecté cette molécule mêlée aux odeurs d'abeilles. Malheureusement, comme elle agonisait, ses molécules d'alerte étaient confuses. Sinon, le message aurait été: «Alerte! Odeurs d'abeille et de miellat confirmées.» Et nous aurions alors soupçonné un piège de ces rouges.

— Leur plan frisait la perfection, dit Tsé. Je ne croyais pas ces fourmis si fines mouches.

— Mais de là à tuer leurs propres soldates! s'étonna Ariane.

— Il fallait, pour nous attirer dans le piège, que la menace semble terriblement sérieuse, expliqua 416e. On n'attire pas les mouches avec du vinaigre.

— Elles ont été bien près de réussir. Heureusement, la vigilance d'Ariane et l'honnêteté de 245e ont fait échouer leur plan, conclut Tsé.

— Dis, 416e, tu as eu des nouvelles de 245e?

— Non, Ariane. Mais je sais qu'elle a quitté cette forêt avec les soldates qui lui sont demeurées fidèles. Si elles reviennent dans le coin, elles risqueront leur vie. Elles vont probablement offrir leurs services comme mercenaires à d'autres cités.

— Pourquoi les meurtrières ont-elles arrêté leur progression plus loin au nord? demanda encore l'araignée.

— Nous ne le saurons probablement jamais. Peut-être jugent-elles que le territoire acquis est désormais suffisant pour assurer la survie de leur espèce. Dans la nature, certaines questions restent toujours sans réponses.

— C'est vrai, intervint Tsé. Par exemple, est-ce que les arbres pensent? Cette question me trouble depuis toujours.

Ariane aperçut sa mère qui fixait leur groupe des yeux.

— Bon, moi, je pense que je vais rentrer. Maman ne s'est pas encore remise d'avoir passé la nuit avec une mouche, son repas préféré, et une guêpe, son ennemie naturelle. Je dois prendre soin d'elle.

— J'aurais bien aimé la remercier personnellement, fit Tsé.

— Je crois qu'il vaut mieux que je lui transmette le message. Chassez le naturel, il revient au galop. Quand elle te voit, elle se met à saliver!

— Salut, Ariane! répondirent en chœur la mouche et la fourmi.

Ariane accompagna sa mère jusqu'à leur fenêtre, tandis que Tsé et 416e prirent le chemin de la forêt.

— Vraiment, Tsé ? dit 416ᵉ. Tu te demandes si les arbres pensent ? Difficile à dire. Par contre, je sais que les saules pleurent...

Pour en savoir plus...

Les abeilles mellifères africanisées, de leur nom scientifique *Apis mellifera L. scutellata,* sont le résultat d'un croisement entre des souches européennes et africaines. Les deux sous-espèces sont identiques à l'œil nu et ne peuvent être différenciées qu'au microscope. Au cours des années 1950, des chercheurs brésiliens ont pensé que la variété africaine serait mieux adaptée à leur climat que l'espèce européenne. Ils avaient raison, mais les hybrides issues de ce croisement furent relâchées dans la nature avant que ne soit contrôlé le comportement agressif qui les caractérise. Ces insectes ont alors rapidement envahi tout le territoire brésilien et entamé, au cours des décennies suivantes, une progression constante, au rythme de 600 kilomètres par année, vers le nord et vers le sud.

Introduit aux États-Unis par des auto-stoppeurs et le transport routier, le premier essaim fut identifié au Texas en 1990. Ces abeilles mellifères africa- nisées se sont propagées vers le nord et l'ouest, à travers le Texas et le nord du Mexique jusqu'en 1995. Une pre- mière victime humaine fut tuée en août 1993. Un homme de 82 ans avait essayé d'enfumer une colonie installée sur sa maison et a été piqué 40 fois. Même si le dard des abeilles africaines se détache lui aussi de leur corps lorsqu'elles piquent, le venin continue d'être injecté dans la peau et il incite ses semblables à venir piquer. En juillet 1994, un individu stressa une colonie en passant la tondeuse et s'enfuit en courant à la vue des abeilles. Un homme de 98 ans, qui passait tout près, fut pris comme cible par les insectes. Le pauvre reçut 50 piqûres et mourut deux jours plus tard. Quelques dizaines de morts furent ainsi rapportées et causèrent de l'émoi dans la population américaine. Il faut environ 300 piqûres pour causer la mort chez une personne jeune et en santé. Par contre, les vieillards et les enfants sont à risque en étant exposés à beaucoup moins de venin. Et une seule piqûre peut tuer une personne allergique. Néanmoins, les risques d'être attaqué par ces abeilles restent très minces.

La Californie reçut les premières colonies d'abeilles africaines en 1994 et en 1995. Par la suite, l'expansion de cette espèce a dramatiquement chuté.

Plusieurs facteurs peuvent être mis en cause :

- la compétition plus forte des abeilles européennes au nord et la dilution du génotype à la suite de croisements successifs entre les deux variétés ;
- le parasitisme ;
- des facteurs géographiques locaux défavorables (déserts, montagnes).

Il semble en effet que plus le climat devient tempéré, plus la souche européenne réussit à résister aux envahisseuses africaines. La progression a cessé autour du 34e parallèle nord. Même chose vers le sud, en Argentine, au 34e parallèle sud.

La situation demeure stable depuis une dizaine d'années et on pense que seules des progressions temporaires suivant des périodes climatiques plus clémentes seront observées, à l'avenir. Une nouvelle réalité risque toutefois de remettre en question ces affirmations : le réchauffement de la planète.

Table des matières

Jean-Pierre Dubé

Jean-Pierre Dubé est né à Hull en 1958, dans une famille nombreuse. Il a grandi dans cette ville et y est demeuré jusqu'à ses études universitaires en sciences biologiques puis en médecine vétérinaire. Promu vétérinaire en 1985, il est maintenant propriétaire de la Clinique vétérinaire Mont-Saint-Grégoire, en Montérégie, où il soigne surtout les grands animaux. Il réside dans ce petit village avec son épouse et ses deux filles. La maison compte aussi deux chiens, Victor et Fantine, et deux chats, Zorro et Bajou. Écrire des romans jeunesse permet à Jean-Pierre de décrocher de son travail tout en se faisant plaisir, car il s'agit pour lui du plus agréable des passe-temps.

Derniers titres parus dans la
Collection Papillon